Mit Illustrationen
von Edda Skibbe

Anne Alter

Die geheimnisvolle Miss Winter

Rowohlt Taschenbuch Verlag

Originalausgabe
Veröffentlicht im Rowohlt Taschenbuch Verlag,
Reinbek bei Hamburg, November 2005
Copyright © 2005 by Rowohlt Verlag GmbH,
Reinbek bei Hamburg
Alle Rechte vorbehalten
Umschlag- und Innenillustrationen Edda Skibbe
Umschlaggestaltung any.way, Andreas Pufal
rotfuchs-Comic Jan P. Schniebel
Satz Caslon 540 PostScript, QuarkXPress 4.11
bei KCS, Buchholz/Hamburg
Druck und Bindung Clausen & Bosse, Leck
Printed in Germany
ISBN 13: 978 3 499 21337 3
ISBN 10: 3 499 21337 0

Einladung zum Tee

Benjamin stand am Fenster und starrte hinaus. In der frühen Dämmerung des 2. Dezember sah das Haus nebenan nicht anders aus als das, in dem er selbst wohnte: behäbig, behaglich, in keinster Weise ungewöhnlich. In ihrem Vorort sah eben ein Haus wie das andere aus. Über das mit Schnee bepuderte Dach wehte eine zierliche graue Rauchfahne.

«Bennie, mach dich endlich fertig», sagte seine Mutter von der Tür her.

«Ich gehe nicht mit zu Miss Winter», murmelte Benjamin, ohne sich umzuwenden.

«Keine Diskussion jetzt, sonst kommen wir zu spät!» Das klang ziemlich ungeduldig.

«Aber sie ist eine *Hexe*!»

«Benjamin!» Frau Schreck rang hörbar nach Atem. «Wie oft soll ich es dir noch sagen: Miss

Winter ist eine geachtete und in Fachkreisen sehr geschätzte englische Professorin, eine Volkskundlerin, die die Bräuche in Europa erforscht. Sie hat Bücher darüber geschrieben. Und nun verbringt sie die Wintermonate in Deutschland, um selbst zu erleben, wie wir hierzulande Weihnachten feiern. Also mach dich endlich fertig! Wasch dir die Hände und kümmere dich vor allem um deine ent-setz-liche Frisur!»

Wenn seine Mutter so abgehackt sprach und in diesem ganz bestimmten Tonfall, gab Benjamin seinen Widerstand sofort auf. Zwecklos, zu diskutieren.

Und dann hörte er noch von der Treppe herauf: «Und sprich nur, wenn du gefragt wirst! Deine Einbildungen interessieren heute Nachmittag niemanden!» Benjamin biss die Zähne zusammen.

Und sie ist doch eine Hexe, dachte Benjamin. Sie ist an Halloween eingezogen, und als der Möbelwagen weg war, ist sie auf einen Besen gestiegen und rund um ihr Haus geflogen und dann auch an meinem Fenster vorbei. Sie hat gelacht und mir zugewinkt. Okay, ich war krank und hatte Fieber – aber ich habe sie deutlich gesehen! Ich habe nicht phantasiert! Benjamin hatte jedoch beschlossen, nicht mit seinen Eltern darüber zu sprechen, was er gesehen hatte, denn die würden ihm ja sowieso nicht glauben.

Wenig später stand er unten im Flur, wo seine Mutter und seine kleine Schwester Mia auf ihn warteten. Sie hatte wie immer ihren Teddy unter den Arm geklemmt, denn ohne ihn ging sie nirgendwohin. Der Teddy war alt und abgenutzt, aber Mia liebte ihn über alles. Benjamin bekam eine Schale mit Gebäck in die Hand gedrückt, und dann nahm das Schicksal seinen Lauf: Sie gingen nach nebenan, denn Miss Winter hatte sie zum Weihnachtstee eingeladen.

Benjamins Mutter hatte inzwischen geklingelt. Miss Winter öffnete selbst.

«Mama, guck mal», rief Mia, als sie in der Diele standen. Sie machte sich los und rannte auf das Treppengeländer zu, das dick mit Tanne und Ilex umwunden war. «Ist das nicht schön?! Und da oben! Die vielen Karten!»

«Tja, Mia», lachte Miss Winter, «in Großbritannien sind wir richtig verrückt nach Weihnachtskarten. Wir können gar nicht genug davon bekommen. Ich verschicke jedes Jahr ein paar hundert in alle Welt, und ich bekomme ebenso viele zurück. Die muss ich natürlich aufhängen, damit ich mich immerzu daran freuen kann. In diesem Jahr habe ich goldene Schnüre gespannt und sie einfach daran festgeklammert. Hübsch, nicht?»

Sie betrachtete liebevoll die vielen Karten, die tatsächlich im ganzen Raum von der Decke herabhingen. Miss Winter musste einen riesigen Bekanntenkreis haben, denn die Karten hingen einfach überall.

«Und wonach riecht es denn so gut», sagte Mia. «Wonach denn?»

«Oh, das sind die Apfelsinen da auf der Kommode. Die sind mit Nelken gespickt, damit es richtig weihnachtlich duftet.»

«Und ...»

«Das reicht jetzt, Mia», sagte Frau Schreck.

«Ja, kommen Sie doch ins Wohnzimmer, bitte»,

meinte nun auch Miss Winter, «wir wollen Tee trinken ...»

Als sich die Tür zum Wohnzimmer öffnete, riss Benjamin vor Überraschung den Mund auf. Die Wohnung einer Hexe hatte er sich ganz anders vorgestellt. Voller Gerümpel, überzogen mit Spinnweben. Dekoriert mit seltsamen Dingen wie Glaskugel, Tarot-Karten, seltenen Steinen, wuchernden Pflanzen. Bewohnt von Spinnen, Kröten, einer schwarzen Katze und einem Raben ... So kannte er es jedenfalls aus seinen Bilderbüchern. Aber Miss Winters Wohnzimmer war ein gemütlich eingerichteter Raum, groß und behaglich, voller englischer Möbel. Im offenen Kamin prasselte ein Feuer (Benjamin hatte gar nicht gewusst, dass die eher schlichten Häuser in ihrer Straße einen Kamin hatten!), und der Holzfußboden war mit dicken Teppichen belegt. Die Fenster, die ganz bestimmt viel größer waren als in ihrem eigenen Haus, waren mit geblümten Vorhängen dekoriert. In den Fenstern hingen große, fünfzackige Sterne. Auf den zahlreichen Beistelltischen lagen Bücher und Zeitschriften zum Thema Weihnachten, und fast alle Wände waren mit Bücherregalen bedeckt. Es befand sich nur ein Bild im Raum: ein großes Gemälde mit eigenartigen kleinen, grün gekleideten Leuten auf einer Waldlichtung.

Benjamin betrachtete das Weihnachtsgeschirr auf dem Tisch und die blütenweiße Decke, die jeden Fleck weithin leuchten lassen würde. Er fürchtete sich ein wenig, weil weiße Tischdecken Missgeschicke mit Essen und Getränken geradezu anzuziehen schienen.

«Setz dich doch», sagte Miss Winter zu ihm und deutete auf einen riesigen, weich gepolsterten Ohrensessel, in dem Benjamin versank. Seine Mutter und Mia saßen auf einer großen ledernen Couch, Miss Winter nahm ihm gegenüber in einem zweiten Sessel Platz.

Ja, Miss Winter. So, aus der Nähe betrachtet, sah sie sehr lässig aus in ihren hellen Jeans und einem grauen Rollkragenpullover – aber wie eine englische Lady? An ihrem Handgelenk klimperten silberne Armbänder. Schwer zu sagen, wie alt sie war. Was an ihr auffiel, waren die grünen Augen und eine Mähne von kaum zu bändigendem rotem Haar.

Während Benjamin noch darüber nachgrübelte, ob er sich an Halloween nicht vielleicht doch getäuscht haben könnte und alles nur ein Fieberwahn war, sagte Miss Winter:

«Sie haben mir wundervolle Dinge mitgebracht, meine liebe Frau Schreck. Nicht nur die köstlichen Weihnachtskekse, die Sie selbst gebacken haben, sondern auch die Rezepte in diesem Heft! Ich danke Ihnen sehr!»

Frau Schreck lächelte erfreut. «Ich habe mir gedacht, dass Sie Spezialitäten besonders interessieren – es sind alte Gebäcksorten, und die Rezepte werden in den norddeutschen Familien überliefert. Das zum Beispiel sind die Braunen Kuchen, die schon unser berühmter Dichter Theodor Storm in einer seiner Novellen erwähnt, und das hier sind Dithmarscher Schmalznüsse ...»

«Meine Liebe» – Miss Winter lächelte zurückhaltend –, «bevor wir uns mit diesen Themen beschäftigen, sollten wir den Tee bringen lassen – und Weihnachtspunsch für die Kinder.»

Sie griff nach einem silbernen Glöckchen auf dem Tisch und läutete.

Augenblicklich öffnete sich eine Tür im Hintergrund, und ein kleinwüchsiger Mann, kaum größer als Benjamin, in tadellosem schwarzem Anzug mit weißer Hemdbrust und Fliege trat ein. Er hatte ein Gesicht wie ein verschrumpelter Apfel und auf dem Kopf einen Wuschel von eisgrauem Haar. Der Servierwagen, den er vor sich herschob, war beladen mit Leckereien und zwei dickbauchigen Teekannen.

«Danke, Alfred», sagte Miss Winter, und der dienstbare Geist verschwand.

«Kann ich die Tasse mit dem Weihnachtsmann haben?», fragte Mia.

«Natürlich, Liebes», sagte Miss Winter und dann, zu Benjamin gewandt: «Und welche Tasse möchtest du gern haben, Benjamin?»

Dieser schüttelte den Kopf. «Gar keine», murmelte er. Er würde in diesem Haus ohnehin keinen Bissen essen und keinen Schluck trinken. Sonst würde er bestimmt in einen Wurm oder einen Kröterich verwandelt, und seine Mutter

könnte dann sehen, was sie davon hatte, dass sie ihm nicht glaubte. Merkwürdig, dass sie nicht einmal wahrgenommen hatte, dass Alfred ein Zwerg war – oder sie hatte sich nichts anmerken lassen.

«Wie ich schon sagte», ließ sich Benjamins Mutter wieder vernehmen, «die Schmalznüsse sind ein ganz besonderes Rezept, das ich von meiner Großmutter ererbt habe. Sie werden ...»

«Jaja, meine Liebe, aber ich muss nun Benjamin dringend ermuntern, den Punsch zu probieren. Er schmeckt nur wirklich gut, wenn er heiß getrunken wird.»

Benjamin fing an zu schwitzen. Was sollte er tun? Wenn er sich jetzt weigerte, wäre es unhöflich, und seine Mutter würde ihm später den Kopf abreißen, weil er einen schlechten Eindruck gemacht hätte. Nach einem heimlichen Blick auf Mia, die begeistert und völlig bedenkenlos von ihrem Punsch trank, ohne sich im Geringsten zu verwandeln, schloss er die Augen und nahm ein vorsichtiges Schlückchen. Na ja, der Punsch schmeckte wirklich wunderbar: nach Kräutern, nach fremdartigen Gewürzen, nach Honig. Er nahm einen größeren Schluck – und fühlte, wie eine wohlige Wärme ihn durchströmte.

«Die Schmalznüsse gelingen am besten ...»

«Gleich, gleich», sagte Miss Winter. «Ich bin doch zu neugierig und möchte erst wissen, was sich die Kinder zu Weihnachten wünschen!»

«Ein Skateboard», platzte Bennie heraus, ohne dass er direkt gefragt wurde und ohne dass er darüber nachgedacht hatte. Er bereute es sofort.

«Nicht schon wieder!», warf Benjamins Mutter ein. Dann wandte sie sich erneut Miss Winter zu.

«Nein, es gibt kein Skateboard. Mein Mann und ich haben uns in diesem Jahr für eine Flöte für Bennie entschieden und dies auch mit ihm besprochen. Wenn Bennie mal etwas mehr Interesse an Musik oder am Lesen zeigen würde und braver wäre, dann könnten wir über ein Skateboard reden, aber so ...»

«Hapert es denn mit dem Bravsein?», fragte Miss Winter belustigt.

«Ich geb mir ja Mühe», sagte Benjamin, «aber irgendwie ...»

«Verstehe», meinte Miss Winter. «So geht es mir manchmal auch. Versuch einmal diese Kekse – eine Spezialmischung, die ich selbst entwickelt habe. Ich nenne sie ‹Elternglück-Kekse›. Vielleicht helfen sie ja auch dir.»

Benjamin griff gierig danach und stopfte gleich drei in sich hinein.

Nach wenigen Sekunden hatte er ein seltsames Gefühl auf dem Kopf – so als ob sich alle seine Haare sträubten und dann zurückfielen und sich platt anlegten. Er grinste.

«Darf ich mal zur Toilette?», fragte er.

«Natürlich! Zweite Tür im Flur links.»

«Die Schmalznüsse …»

«Ja doch, meine liebe Frau Schreck, aber nun muss ich auch noch wissen, was Mia sich zu Weihnachten wünscht.»

«Ich möchte nur, dass mein Teddy wieder heil wird», sagte diese und hielt ihn Miss Winter hin. Ein Ohr hing schief und ein Arm schlapp.

«Oh, das ist ein Fall für die Weihnachtswerkstatt», sagte Miss Winter. «Kannst du dich denn ein Weilchen von ihm trennen?»

«Ich weiß nicht», meinte Mia, «ohne Teddy kann ich nicht einschlafen.»

«Das ist mir klar.» Miss Winter griff wieder nach dem silbernen Glöckchen und läutete.

Diesmal erschien eine kleine Frau, die in einem Overall steckte und sehr geschäftig wirkte. Auch sie hatte ein uraltes Schrumpelgesicht und einen eisgrauen Wuschel.

«Miss Winter?»

«Alice, hol doch mal Mr. John aus meinem Schlafzimmer und schau dir diesen Invaliden hier an. Meinst du, du schaffst das?»

«Eine Kleinigkeit, Miss Winter», meinte Alice und huschte davon. Wenig später kam sie mit Mr. John zurück. Das war ein Teddy mit struppigem Fell, der in einer roten Latzhose steckte.

«Oh, ist der süß», jubelte Mia und schloss ihn in die Arme. Ihren Bären hatte sie losgelassen, sah ihm jedoch etwas beklommen hinterher, als Alice mit ihrem eigenen Teddy im Arm das Zimmer verließ.

Inzwischen betrachtete sich Benjamin grinsend im Spiegel des Gäste-WCs. So kann es weiterge-

hen, dachte er, das bringt mich dem Skateboard ein ganzes Stück näher. Sein Haar war brav gescheitelt und lag tatsächlich platt an. Nichts mehr mit den verstrubbelten Locken, an denen seine Mutter ständig herumnörgelte. Er sah aus wie der Musterschüler seiner Klasse. Ja, wenn Hexenzauber so aussah, konnte er gelassen bleiben und den Dingen ihren Lauf lassen.

«Guck mal, Mama», sagte er, als er wieder ins Wohnzimmer zurückkehrte, «meine Haare!»

«Fein, Bennie», meinte Frau Schreck, ohne recht hinzuschauen, und fuhr dann an Miss Winter gewandt fort: «Meine Großmutter...»

«Gestatten Sie mir eine Frage, Frau Schreck», warf Miss Winter schnell ein. «Ich bin sehr beeindruckt von Ihren Kenntnissen der norddeutschen Kochkunst und der Traditionen. Das alles wird für meine Forschungsarbeit sehr wertvoll sein, aber was machen Sie eigentlich beruflich?»

«Beruflich?», fragte Frau Schreck. «Nun, ich habe meine Kinder und den Haushalt. Kochen und Backen sind zwar meine Leidenschaft, aber ich hätte gar keine Zeit, außer Haus tätig zu werden, da meine Familie meine gesamte Aufmerksamkeit beansprucht. Die Kinder wären außer Rand und Band, wenn ich nicht ständig ein wachsames Auge auf sie hätte, und im Haus ginge alles sofort drunter und drüber. Das geht wirklich nicht.»

«Ach tatsächlich?», fragte Miss Winter. «Aber meine Liebe, Sie sind ja völlig aus dem Häuschen. Sie sollten unbedingt von diesem Konfekt nehmen, bevor wir das Thema weiter verfolgen, es wird Sie ungemein beruhigen!»

Gedankenverloren griff Benjamins Mutter nach den süßen Brocken, die wie Borkenschokolade aussahen, und war nach zwei oder drei davon tatsächlich beruhigt. Sie schlief nämlich einfach ein.

Mit einem Mal war es ganz still in Miss Winters Wohnzimmer. Es war jedoch eine angenehme Stille, durchweht von süßen Düften und süßen Träumen, die sich auf Weihnachten richteten.

«Wenn ihr Lust habt, zeige ich euch meine Backstube und meine Weihnachtswerkstatt», ließ sich Miss Winter jetzt vernehmen. «Eure Mutter ruht sich noch ein wenig aus. Sie hat sich wohl überanstrengt.»

Mia und Benjamin sprangen begeistert auf. Die Backstube und die Weihnachtswerkstatt? Das wollten sie natürlich gern sehen.

Backstube und Werkstatt

Eine Backstube ist eine Backstube – oder vielleicht doch nicht? O nein! Keine gleicht der anderen! Miss Winter bestand darauf, dass in ihrem Haus alles mit der Hand geknetet, gerührt, geformt und verziert wurde. Maschinen waren ihr zuwider. «Denn», so erklärte sie Mia und Benjamin, «Maschinen nehmen vielen Dingen die Seele, und Weihnachtsplätzchen schmecken nun mal am besten, wenn sie nicht maschinell hergestellt werden, sondern in liebevoller Handarbeit. Heute backen wir übrigens Shortbread – und ein paar Spezialitäten wie die Elternglück-Kekse. Dazu brauche ich hier meine unermüdlichen Freunde und Helfer.»

Tatsächlich wuselten in Miss Winters Weihnachtsbackstube ungefähr zwanzig kleine Wesen herum, lauter Männchen mit alten, faltigen Gesichtern, alle mit weißen Schürzen und Bäckermützen. Um verschiedene große Tische standen die Männchen in Gruppen herum und kümmerten sich um die unterschiedlichen Teige und Zutaten. An den Wänden standen hohe weiße Küchenschränke mit riesigen Behältern, in denen

sich Mehl, Zucker, Rosinen, Nüsse, Mandeln, kandierte Früchte und Gewürze befanden. Der Duft war einfach überwältigend. Alfred, der vorhin den Servierwagen ins Wohnzimmer geschoben hatte, dirigierte die ganze Schar von einem Podest aus und sorgte dafür, dass die Bäcker alle fünfzehn Minuten den Arbeitsplatz wechselten. Wer eben noch geknetet hatte, stanzte nun den Teig aus oder schob die Plätzchen in einen der riesigen Herde oder schichtete die fertigen Kekse zuletzt in Pappschälchen. Alle schienen vergnügt bei der Sache zu sein und die Abwechslung zu schätzen.

«Darf ich mal naschen?», fragte Mia, als sie von Tisch zu Tisch gingen.

«Aber Mia! Wie soll ich dir das bloß erlauben?», seufzte Miss Winter. «Du weißt doch sehr gut, wie ungesund roher Teig ist! Ich könnte allerdings mit Benjamin schon mal zu den Pastetenbäckern gehen. Dann kann ich ja nicht sehen, wie du deinen Zeigefinger tief in die eine oder andere Rührschüssel tauchst.»

Mia gluckste und drängelte sich sofort zwischen

das kleine Volk, das sie bereitwillig gewähren ließ. «Ist sie nicht süß?», «Ist sie nicht nett?», wisperten die alten Männchen und spendierten ihr hier ein Klümpchen Teig, da ein Rosinchen, dort eine süße Mandel.

«Geht das hier jeden Tag so zu?», fragte Benjamin.

«Natürlich!», antwortete Miss Winter. «Jeden Tag, außer an den Adventssonntagen. Bis Weihnachten jedenfalls. Wir stellen über hundert verschiedene Sorten her, Weihnachtsspezialitäten aus aller Welt.»

«Und was machen Sie mit dem ganzen Zeug?» Benjamin dachte daran, dass der Familie nach Weihnachten immer schlecht war von dem vielen Gebäck, das seine Mutter jedes Jahr zubereitete, obwohl es unglaublich lecker war. «Wer soll das alles essen?»

«Ach, das wird verteilt», sagte Miss Winter und machte eine vage Handbewegung in Richtung Fenster.

«Ich verstehe das alles nicht», meinte Benjamin, an Miss Winter gewandt.

«Was verstehst du nicht?», fragte die zurück.

«Na ja, wir wohnen in einem Haus, das nicht anders aussieht als Ihres – es ist jedenfalls genauso groß. Eigentlich sehen alle Häuser hier gleich aus. Aber bei uns hätte so eine Bäckerei im Erdgeschoss überhaupt keinen Platz. Da sind nur das Wohnzimmer, eine kleine Küche, eine noch kleinere Speisekammer und ein winziger Abstellraum.»

«Oh! Eine schwierige Frage», meinte Miss Winter. «Ich versuche es mal so zu erklären: Man sagt ja, kleine Räume wirken größer, wenn man sie geschickt möbliert. Es ist alles eine Frage der Organisation.»

Benjamin sah in Miss Winters glitzernde Augen und kicherte einfach los.

«Verstehe!», sagte sie darauf und fuhr nach kurzem Überlegen fort: «Du bist mit meiner Auskunft nicht zufrieden. Tja, möglicherweise handelt es sich um eine optische Täuschung – aber ich war schon immer schlecht in Physik...»

Benjamin wollte noch etwas sagen, doch Miss Winter klatschte in die Hände und rief nach Mia, denn nun sollte die Weihnachtswerkstatt besichtigt werden. Auch die konnte – so groß, wie sie war –, eigentlich keinen Platz in Miss Winters Haus haben; sie war aber ohne Zweifel vorhanden.

In dieser Werkstatt, die Benjamin fast so groß vorkam wie eine Turnhalle, waren lange Arbeitstische aneinander gereiht. In Regalen befand sich so viel Werkzeug, dass ein Baumarkt damit hätte ausgestattet werden können. Alle möglichen Materialien waren zu sehen: Plüsch, Stoffe, Metallplatten, Holz und Kunststoff. An den Tischen werkelten viele kleine Frauen (Zwerginnen, dachte Bennie), manche standen in Grüppchen beisammen und schienen ein Problem zu besprechen.

«Meine Spezialistinnen für Puppen, Teddybären und Stofftiere», sagte Miss Winter, indem sie auf die erste Gruppe wies, die gerade Plüsch in unterschiedlichen Farben in unterschiedliche Formen schnitt. «Und dort drüben repariert man defektes elektronisches Spielzeug – eine besonders tüchtige Mannschaft – und da alle Dinge,

die man für Spiel und Sport draußen an der frischen Luft braucht: Fußbälle, Fahrräder, Springseile, aber auch Skateboards, Rollerblades und so weiter.»

Benjamin, der Miss Winter während ihres Vortrags unverwandt angestarrt hatte, glaubte beim Stichwort «Skateboard» ein winziges Funkeln in ihren Augen wahrgenommen zu haben. Er gab sich Mühe, völlig harmlos und unbeteiligt zu gucken.

Die kleinen Frauen ließen ihre Lötkolben, Sägen und Hämmer sinken, eine zog sogar ihre Schweißermaske vom Gesicht, als sie den Besuch bemerkten, und winkten freundlich.

«Ist mein Teddy schon heil?», fragte Mia plötzlich.

«Nein, ganz so schnell geht es nicht», erwiderte Alice, die die Kinder bereits kennen gelernt hatten und die sich nun zu ihnen gesellte. «Du hast ihn ja eben erst eingeliefert, und Wunder brauchen ihre Zeit. Du bekommst deinen Teddy aber bestimmt zu Weihnachten zurück.»

«Wo bleiben denn die Sachen, die schon fertig sind, bis dahin?», fragte Mia weiter.

Alice warf Miss Winter einen Blick zu.

«Das gehört zu den Weihnachtsgeheimnissen», sagte diese, «das wird auf keinen Fall verraten. Ich sage nur einen Namen: Ruprecht.» Damit wandte sie sich zum Gehen und trieb Mia und Benjamin vor sich her zurück ins Wohnzimmer.

Kaum hatten die drei wieder am Teetisch Platz

genommen, holte ein leises Schnipsen mit den Fingern Frau Schreck aus ihrem tiefen Schlaf zurück.

«Noch ein wenig Tee?», fragte Miss Winter liebenswürdig, und Frau Schreck bejahte und fuhr mit ihren Rezepten fort, als wäre inzwischen nichts geschehen. Miss Winter lauschte aufmerksam und stellte zwischendurch ein paar Fragen. Frau Schreck war begeistert, eine so interessierte und verständige Zuhörerin zu haben. Benjamin und Mia wechselten verstohlene Blicke.

Das taten sie auch später beim Abendessen zu Hause, als ihre Mutter von dem «wundervollen Nachmittag» bei Miss Winter erzählte. «Sie ist eine glänzende Gastgeberin, und stell dir vor, Olaf», sagte sie zu ihrem Mann, «wir sind zu einem Vortrag eingeladen. Miss Winter spricht in der Volkshochschule über die berühmte Weihnachtsbeleuchtung des Dorfes Mousehole und zeigt dazu Dias!»

«Wo ist dieses Mousehole eigentlich?», fragte Herr Schreck.

«Mousehole ist ein Küstenort in Cornwall, der

jedes Jahr von seinen Bewohnern liebevoll mit farbigen Lichtern in Form von weihnachtlichen Motiven dekoriert wird. Außerdem werden die Häuser und sogar die Schiffe mit Lichterketten behängt. Die Leute kommen von weit her, um diese Beleuchtung zu sehen, es ist eine große Attraktion.»

«Ach ja?», meinte Herr Schreck. «Aber da muss ich doch nicht mit, Ingrid, oder? Ich verstehe so gar nichts davon.»

«Doch, natürlich musst du. Aber geh bitte vorher zum Friseur.» Ihr Blick ruhte versonnen auf Benjamin.

Die Sammelaktion

In der Nacht zum 10. Dezember hatte es heftig geschneit wie schon seit langem nicht mehr, und Miss Winters Haus sah so romantisch schneebemützt aus, wie es oft auf Weihnachtskarten zu sehen ist. Benjamin, dessen Gedanken seit der Einladung zum Weihnachtstee unablässig um das Haus und seine eigenartigen Bewohner gekreist waren, stand am Fenster und starrte nach drüben. Im Nachbargarten war gerade ein Schild aufgestellt worden. Schnell zog er Schuhe und Jacke an und lief hinüber. Miss Winter stand am Gartentor und schien ihn zu erwarten. «Was hältst du davon?», fragte sie. «Ist alles richtig geschrieben? – Manchmal bin ich etwas unsicher, was die deutsche Rechtschreibung betrifft.»

Benjamin las und stellte dann fest: «Das versteht ja jeder!»

Auf dem Schild stand:

Aus Alt mach Neu!
Sammelstelle für überflüssiges,
kaputtes und zerliebtes Spielzeug.
Es wird aufgearbeitet und
weiterverschenkt.
Bei Bedarf holen wir ab.
Tel: ...

«Nun, was hältst du von meiner Aktion?», fragte Miss Winter. «Glaubst du, dass sie ein Erfolg wird? Irgendwie habe ich das Gefühl, dass es hierzulande Kinder gibt, die so ziemlich alles besitzen und deswegen auch ziemlich gelangweilt sind, und andere, die kaum einen Grund zur Freude haben. Ich möchte eine kleine Umverteilung vornehmen.»

Darauf wusste Benjamin nichts zu sagen. Sein Zimmer war auch mit unendlich vielen Sachen voll gestopft, und das meiste beachtete er niemals.

«Hast du Lust, ein Tässchen Punsch mit mir zu trinken?», fragte Miss Winter.

Und ob!, dachte Bennie glücklich.

Die Einrichtung von Miss Winters Wohnzimmer war um einen langen Tisch bereichert worden. Auf dem standen einige unterschiedlich dekorierte Adventskränze. Alfred, der auf Miss Winters Klingeln herbeigeeilt war, stellte Teekanne und Tassen dazu.

«In Britannien kennen wir die Sitte nicht», sagte Miss Winter, während sie einschenkte, «grüne Kränze mit vier Kerzen zu schmücken und jeden Sonntag eine mehr anzuzünden und so unsere Erwartung auf das Fest zu steigern. Das hat bei euch ein gewisser Johann Hinrich Wichern im 19. Jahrhundert erdacht – weißt du das überhaupt?»

«Nö», sagte Benjamin.

«Macht nichts», meinte Miss Winter. «Der klassische Adventskranz ist grün! Grün! Grün! Grün! Er wird aus Zweigen von Tanne, Fichte, Ilex, Mistel gewunden. Und warum? Wir wollen uns daran erinnern, dass die Natur wie jedes Jahr aus ihrer Winterstarre erwachen wird, dass die Sonne bald mit jedem Tag ein wenig länger zu uns zurückkehrt, dass eines Tages alles wieder grünen und blühen wird. Aber es gibt heutzutage auch andere Möglichkeiten – wie dieser Kranz hier aus gewickeltem Golddraht. Das sieht einfach nur hübsch aus, ebenso wie dieser aus blauen Glaskugeln. Und hier haben wir sogar einen, der völlig aus rot gefärbten Kiefernzapfen besteht!» Miss Winter deutete auf die verschiedenen Exemplare. «Ich fotografiere diese Kränze hier, um ein paar Beispiele für meine Studenten zu haben. – Bei uns in England pflegen wir übrigens den Brauch, schlichte grüne Kränze draußen an die Haustür zu hängen, das finde ich auch sehr schön.» Benjamin erinnerte sich, einen solchen Kranz an Miss Winters Tür gesehen zu haben.

«Wo wohnen Sie denn eigentlich», fragte Benjamin, dem der Kopf schwirrte, «wenn Sie nicht hier sind?»

«Oh!», sagte Miss Winter, und ihre grünen Augen leuchteten. «Oh! Ich stamme aus Cornwall, aus Penzance, einer kleinen Stadt, die an einer weiten Bucht liegt! Früher war Penzance ein Piratennest – heute ist es ein friedlicher Ort. Na ja, meistens jedenfalls. Manchmal werden dort

Geister gesichtet – behaupten jedenfalls die Touristen. Es gibt sogar Einheimische, die sich darauf spezialisiert haben, diese Geschichten aufzuschreiben. Einige wollen drei Mönche gesehen haben, andere eine Chinesin, andere Piraten. Das ist komisch, nicht?»

«Das finde ich gar nicht», meinte Benjamin und verspürte einen leichten Grusel. «Ist es denn schön in Cornwall?», wollte er dann wissen.

«Für mich gibt es kein schöneres Land», antwortete Miss Winter. «Ich empfinde grässliches Heimweh, wenn ich nicht dort bin – so wie jetzt. Ich vermisse die grünen Wiesen und Felder, die von uralten Hecken umgeben sind und sich wie eine große Patchworkdecke ausbreiten. Ich vermisse den weiten Himmel mit seinen grandiosen Wolkenbildern, die raue Küste mit den steilen Klippen, das manchmal tosende, manchmal sanfte Meer – ich kann ohne all das nicht leben: Es ist ein magisches Land ...»

«Miss Winter?»

«Ja, und am besten ist es, wenn ich die Steilküsten hinaufjage – hui! – und dann rasend schnell wieder hinunterstürze – hoho, das ist besser als Achterbahn fahren – und um St. Michael's Mount kreise ...»

«Miss Winter?»

«Ja, mein lieber Benjamin?»

«Draußen – irgendwas ist da los», sagte Benjamin.

Sie traten gemeinsam an das große Fenster, das zur Straße hinausging. Tatsächlich lag da schon einiges an «überflüssigem, kaputtem und zerliebtem Spielzeug» im Schnee – nein, eher eine ganze Menge, ein richtiger kleiner Berg. Miss Winter klatschte in die Hände, und sofort erschienen die kleinen Frauen und schleppten alles ins Haus.

Weihnachtsbastelei

Am 14. Dezember sagte Frau Schreck beim Mittagessen: «Miss Winter hat mich heute Morgen angerufen. Sie lädt euch zum Basteln ein – falls ihr Lust dazu habt –, heute um drei Uhr.»

«Au ja», jubelte Mia, «ich bastele ja so gern.»

Benjamin blickte stur auf seinen mit Weißkohl und Frikadellen gefüllten Teller.

«Und du, Benjamin?»

«Ich bastele nicht so gern», erwiderte er dumpf. Er erinnerte sich an die lange Reihe von Untersetzern, Schälchen und Figuren, die er in der Schule gebastelt hatte und die nun im ganzen Haus vor sich hin staubten.

«Nun», entschied Frau Schreck, «die Einladung kommt mir sehr gelegen, weil ich einiges in der Stadt zu erledigen habe. Du begleitest deine Schwester bitte nach drüben.»

Sie will bestimmt die blöde Flöte kaufen und mich in der Jugendmusikschule anmelden, dachte Benjamin und traktierte seinen Weißkohl, um nicht in Tränen auszubrechen.

Bis zum Nachmittag hatte sich sein Gemüt nicht aufgehellt, und so betrat er – neben einer fröhlichen Mia – die Weihnachtswerkstatt mit ziemlich gequälter Miene. Das entging Miss Winter natürlich nicht.

«Was ist los, Benjamin?», fragte sie. «Geht es dir nicht gut?»

Benjamin schüttelte nur den Kopf; aber nach einer Weile fing er doch an zu erzählen, weil Miss Winter ihn so liebevoll-besorgt ansah.

Was war passiert? Am Abend vorher, kurz vor dem Einschlafen, hatte Benjamin noch einmal Durst gehabt und war hinunter in die Küche gegangen – vorbei am Wohnzimmer, wo seine Eltern noch fernsahen –, um sich etwas zu trinken zu holen. Und da hatte er gehört, wie seine Mutter sagte: «Benjamins Wunsch nach einem Skateboard – jetzt im Winter bei Eis und Schnee – ist doch völlig unsinnig! Ich finde wirklich, es ist viel besser, wenn er eine Blockflöte bekommt. Die ist leicht zu lernen, und fast alle Kinder spielen sie. Dazu könnten wir die ersten Unterrichtsstunden bei Frau Fischer-Dusenberg an der Jugendmusikschule buchen.»

Benjamin wurde von einem wilden Schluchzen übermannt, als er Miss Winter davon erzählte.

«Ich habe meinen Freunden gesagt, dass ich dieses Jahr zu Weihnachten bestimmt ein Skateboard bekomme und sie mir ihre Bretter nicht mehr auszuleihen brauchen. Ich bin erledigt, wenn ich sagen muss, dass ich stattdessen eine – eine Flöte gekriegt habe und auch noch den Unterricht dazu.»

«Ein Fall von Aulophobie», sagte Miss Winter mitfühlend.

«Was?», entschlüpfte es Benjamin.

«Angst vor Flöten», erklärte Miss Winter.

«Nein», sagte Benjamin, «ich habe keine Angst vor Flöten, ich hasse sie, ich hasse sie... ich spiele nichts, was man in den Mund stecken muss. Warum muss ich überhaupt Musik machen? Musik ist doof.»

«Jaja», grinste Miss Winter von einem Ohr zum andern, «es gibt eben Skateboardfahrer, und es gibt Flötenspieler. Da sollte man sich besser nicht einmischen. Aber Musik ist gar nicht doof, es kommt darauf an, was man daraus macht, und wenn du mit einer Blockflöte beginnst, heißt das ja noch lange nicht, dass du immer nur Blockflöte spielen musst. Es gibt so viele wunderbare Instrumente.»

«Wirklich?» Benjamin sah sie zweifelnd an. «Die Elternglück-Kekse, die neue Frisur – alles nützt nichts, Miss Winter.»

«Das würde ich so nicht sagen, Bennie. Schau mich an, ich bin schon eine ziemlich alte Frau, aber ich habe nicht aufgehört, an Märchen und Wunder zu glauben. Natürlich haben sich in meinem Leben nicht alle meine Wünsche erfüllt, aber doch sehr viele. Du darfst einfach nicht aufhören zu hoffen, und du solltest alles tun, was deine Wünsche begünstigt.»

«Wirklich?»

«Ja, wirklich. Und jetzt trinken wir erst eine Runde Punsch und vergessen den ganzen Aufruhr; denn sonst wird es nichts mit unserer Weihnachtsbastelei.»

«Ist Bennie jetzt nicht mehr traurig?», fragte Mia, die die ganze Zeit stumm, aber mit zitternder Unterlippe daneben gestanden hatte.

«Nein, Bennie ist jetzt nicht mehr traurig», lächelte Miss Winter und schenkte ein, «er weiß jetzt, dass er sich keine allzu großen Sorgen mehr zu machen braucht. – Habt ihr euch schon überlegt, was ihr euren Eltern zu Weihnachten schenken wollt?», fragte Miss Winter nach einer kleinen Weile.

Bennie zuckte verlegen mit den Schultern. «Ich kriege einen Euro Taschengeld in der Woche. Damit kann man nichts Großartiges kaufen.»

«Und ich gehe noch in den Kindergarten und kriege gar nichts», sagte Mia und guckte ratlos.

«Nun, dann schlage ich die Härtefall-Lösung vor – den großen Weihnachtsstrauß mit selbst gebasteltem Schmuck. Ich schwöre euch, eure Eltern werden sofort zu Tränen gerührt sein, wenn ihr sie damit überrascht. Alice, bitte!»

Alice und zwei Helferinnen kamen mit drei «Mustersträußen» herbei, die so üppig waren, dass sie fast hinter den Dekorationen verschwanden. Einer bestand aus Tannengrün und Schneebeeren, zwei hatten dürre Zweige, alle drei waren sehr schön dekoriert: mit roten Herzen und goldenen Nüssen, mit silbernen Monden und Sternen.

«Diese kahlen Zweige gefallen euch jetzt vermutlich nicht», meinte Miss Winter, «aber zu Weihnachten werden sie blühen. Es sind nämlich Kirschbaumzweige, die ich am Barbaratag geschnitten habe. Pünktlich zu Weihnachten werden sie strahlend weiße Blüten haben – es ist ein kleines Wunder.»

«Oh», sagte Mia, «können wir solche Zweige haben?»

«Natürlich, und alles Bastelmaterial dazu, das ihr braucht. Hier gibt es ja genug davon.»

Benjamin wollte Goldnüsse machen, Mia lieber rote Herzen. «Gehen auch Glitzerherzen?», fragte sie schüchtern. Sie liebte gerade alles, was glänzte und funkelte.

«O ja», lachte Miss Winter, «wieso bin ich nicht selbst auf diese schöne Idee gekommen? – Du, lieber Benjamin, solltest allerdings wissen, dass du dir eine größere Aufgabe gestellt hast, denn die Nüsse sind nicht einfach nur vergoldet, sie verbergen auch ein Geheimnis. In ihrem Innern steckt ein kleiner Zettel mit Versprechungen wie etwa ‹1 × Auto waschen›, ‹1 × Tisch abräumen›, ‹1 × samstags Brötchen holen› und so weiter. Immer noch Lust dazu?»

«Klar», sagte Benjamin, «ich mache zehn Nüsse», und er verspürte tatsächlich große Lust dazu, denn er liebte Geheimnisse.

«Dann her mit dem Material», rief Miss Winter. Wenig später bastelten die beiden um die Wette, hin und wieder unterstützt von Alice, und auch Miss Winter konnte sich nicht ganz zurückhalten, denn sie liebte Basteln ebenso wie Mia. Besonders der Glitzer aus der Spraydose hatte es ihr angetan. Am Ende glitzerten ihre Haare, ihre Bluse und selbst die Nase.

«Wir sollten uns übermorgen noch einmal zum Basteln treffen, denn heute werden wir nicht fertig», meinte sie schließlich, als es draußen schon ganz dunkel war. «Und anschließend gehen wir auf den Weihnachtsmarkt, um unseren Erfolg zu feiern – wenn ihr möchtet.»

Welche Frage! Aber noch waren Benjamin und Mia nicht entlassen. Miss Winter zog Benjamin zur Seite und flüsterte ihm ins Ohr: «Was willst du eigentlich deiner Schwester schenken?»

«Ich hab nur einen Euro die Woche», flüsterte Benjamin zurück.

«Jaja, das sagtest du schon. Und? Besitzt du vielleicht etwas, das Mia brennend gern hätte und von dem du dich trennen könntest?»

«Ja», gab Benjamin zögerlich zu, «mein Märchenbuch.»

«Aber sie kann doch noch gar nicht lesen, oder?»

«Sie kennt es fast auswendig, weil ich es ihr so oft vorlesen musste.»

«Na also – bitte einliefern in die Weihnachtswerkstatt, wir wollen es etwas auffrischen.»

Dann zog sie Mia beiseite und flüsterte ihr die Frage ins Ohr, was sie Benjamin schenken wolle.

«Er leiht sich immer meinen Radiergummi aus, den, der nach Erdbeeren riecht, ich glaube, den hätte er gern», gluckste Mia.

«Aber?»

«Er ist schon ziemlich alt.»

«Macht nichts», erwiderte Miss Winter augenzwinkernd, «wir arbeiten ihn einfach auf.»

Wenn es so etwas wie ein vorweihnachtliches Glück gibt, so waren Benjamin und Mia an diesem Abend erfüllt davon. Selbst ihre Mutter, die von ihren Besorgungen erschöpft nach Hause kam, konnte ihr Hochgefühl nicht trüben.

«War es denn schön bei Miss Winter?», fragte sie, als die ganze Familie beim Abendbrot zusammensaß.

«O ja», erwiderten beide wie aus einem Mund.

«Und habt ihr euch anständig benommen?»

«Na ja, wir sind noch einmal zum Basteln eingeladen, übermorgen», meinte Benjamin, «und anschließend will Miss Winter mit uns zum Weihnachtsmarkt gehen – sie sagt, in Gesellschaft macht es ihr mehr Spaß.»

«Oh, das trifft sich ja gut», meinte Frau Schreck. «Übermorgen bin ich nämlich beim Wohltätigkeitsbasar angemeldet, wo ich meine selbst gebackenen Kekse verkaufen will. Also einverstanden!»

«Papi», wisperte Mia plötzlich verschwörerisch, «ich möchte Miss Winter etwas zu Weihnachten schenken. Hilfst du mir beim Basteln?»

Herr Schreck zuckte zusammen.

«Mir bitte auch, ich möchte ihr auch etwas schenken», sagte Bennie.

Herr Schreck guckte überrascht. «Was soll es denn sein?», fragte er zögerlich. «Ich bin ja nicht gerade ein begnadeter Bastler.»

«Ich möchte ihr einen Kerzenleuchter machen, einen großen gelben, glitzernden Stern, aus Knete gebacken. Mit einer roten Kerze.»

«Und ich möchte ihr ein paar Weihnachtskarten

für das nächste Jahr schenken – weiße Karten mit aufgeklebten Fotos von ihrem Haus, ihrem Garten, unserer Straße ...»

Herr Schreck war viel zu überrascht, um nein sagen zu können. «Das sind wirklich schöne Ideen. Wir bekommen das schon hin. Ich besorge die Knetmasse, und die Fotos können wir im

Lauf der Woche machen. Am vierten Advent basteln wir dann die Karten und den Leuchter», sagte er.

«Ich will aber auch Glitzerspray», sagte Mia.

Herr Schreck lächelte. Er staunte über sich selbst: Ganz deutlich spürte er, wie sich auf einmal weihnachtliche Vorfreude in ihm ausbreitete.

«Ja, ich besorge auch das Glitzerspray, keine Sorge», sagte er. «Das werden bestimmt schöne Geschenke.»

Der Weihnachtsmarkt

Am 21. Dezember, dem kürzesten Tag des Jahres, fuhr Miss Winter wie verabredet mit den Kindern zum Weihnachtsmarkt. Sie nahmen den Bus in die Innenstadt und setzten sich gleich auf die freie Hinterbank: So dick, wie sie gegen die Kälte eingemummt waren, brauchten sie nebeneinander viel Platz. Miss Winter steckte in einem weiten schwarzen Kapuzenmantel, und ihr Feuerhaar wurde durch ein breites schwarzes Stirnband zusammengehalten.

«Ich habe euch noch gar nicht erzählt, wie die Kinder in Cornwall Weihnachten erleben. Wollt ihr das wissen?», fragte sie.

Ja, das wollten Benjamin und Mia. Sollte es denn möglich sein, dass Weihnachten nicht überall gleich gefeiert wurde?

«Nun», fing Miss Winter an, während der Bus

losfuhr, «dann werde ich euch davon erzählen – und wenn ich zu langatmig werde, müsst ihr mich einfach unterbrechen. Also: Den Nikolaus, der bei euch am 6. Dezember Süßigkeiten in die Schuhe steckt, kennen wir nicht. Bei uns bringt Santa Claus die süßen Sachen in der Nacht vom 24. auf den 25. Dezember. Er steckt sie in Strümpfe, die am Kamin im Wohnzimmer aufgehängt sind – er kommt nämlich durch diesen Kamin gefahren ...»

Mia kicherte, und Benjamin sagte mitleidig: «Das können ja nur kleine Geschenke sein, die da reinpassen.»

«Ich fürchte, ihr stellt euch diese Strümpfe oder Stockings, wie wir sie nennen, ganz falsch vor. Aber warum lange erklären ...»

Sie schlug ihren Mantel auf und förderte aus seinem Inneren zwei große stiefelförmige Stoffbeutel zutage, beide bunt und prächtig gemustert. Benjamins Stocking war blau und am Rand mit Rentieren verziert, die rote Nasen hatten, während Mias grün mit roten Weihnachtsmännern war.

«Das sind sie, die Stockings, und die gehören nun euch. Wir brauchen ja irgendwelche Behältnisse für all die köstlichen Dinge, die es auf dem Weihnachtsmarkt zu kaufen gibt. Ein paar Naschereien hat Alfred schon für euch hineinge-

tan – englische Spezialitäten, die es hier nicht zu kaufen gibt.»

Benjamin und Mia bedankten sich überrascht.

Dann fuhr Miss Winter fort: «Die Kinder bei uns finden diese Stockings am Weihnachtsmorgen voll gefüllt mit Leckereien, Mandarinen und ein paar Kleinigkeiten zum Spielen – zum Beispiel Buntstifte, ein kleines Buch oder ein Geduldsspiel –, damit sie bis zur Bescherung am späten Nachmittag – wie bei euch unter dem Tannenbaum – beschäftigt sind und ihre Eltern nicht allzu sehr nerven.»

«Aber dann müssen die Kinder ja einen Tag länger auf ihre richtigen Geschenke warten als wir», sagte Benjamin.

«Ja, aber das ist kein Unglück. Sie kennen es ja nicht anders und freuen sich genauso wie ihr.»

«Und nach der Bescherung gibt es Grünkohl mit Pinkel», sagte Mia und verzog das Gesicht.

«O nein, dann wird in sehr vielen Familien ein schöner großer Truthahn verspeist und viele andere Köstlichkeiten vorher und nachher. Das kann über Stunden gehen, wenn sich eine größere Gesellschaft zusammengefunden hat. Wir lieben es nämlich gesellig. Und zum Schluss», sagte Miss Winter mit großer Begeisterung, «setzen sich alle lustige Papphütchen auf und öffnen Knallbonbons und lesen sich die albernsten Witze vor, die darin verpackt waren.»

«Das kann ich nicht weitererzählen», sagte Benjamin, «das glaubt mir keiner.»

Sie waren angekommen, gegen vier Uhr nachmittags, bei Dunkelheit. Doch die war nicht beängstigend, denn außer den hell erleuchteten und glänzend dekorierten Schaufenstern gab es auch Illuminationen in den Straßen: An den Bäumen links und rechts funkelten Lichterketten aus winzigen Glühbirnchen. Und auch die Buden des Weihnachtsmarktes, der sich über mehrere Plätze der Innenstadt erstreckte, waren in warmes Licht getaucht. Zarte Schneeflöckchen schwirrten durch die Luft. Die Buden sahen aus wie kleine Fachwerkhäuschen, und überall standen Tannenbäume.

«Ach, ist das schön», seufzte Miss Winter. «Ich habe zu Hause viel über die deutschen Weihnachtsmärkte gelesen, die es mancherorts seit Jahrhunderten gibt, aber bisher noch keinen besucht. In Cornwall kennen wir so etwas nicht.» Sie räusperte sich. «Ich schätze mal, dass ich in eine Art Kaufrausch und in Fresssucht verfallen werde – und dass ihr mich ja nicht daran hindert, mein Vergnügen zu haben! Ich erwarte, dass ihr mich unterstützt und mitmacht», sagte sie streng.

Benjamin und Mia sahen sich stumm an und nickten.

«Und was machen wir zuerst?», fragte Miss Winter erwartungsvoll.

«Karussell fahren?»

«O ja! Karussell fahren ist fast so schön wie Fliegen», erwiderte Miss Winter. «Wo gibt es denn eins?»

Mia nahm Miss Winter an der Hand und führte sie in eine Ecke des Platzes, wo ein altmodisches Kinderkarussell stand. Es war über und über mit bunten Lichtern bedeckt, und weiße Pferde und feine Kutschen drehten sich im Kreis.

«Aufs Pferd, aufs Pferd!», rief Miss Winter. Und sie stiegen auf zur nächsten Runde und fuhren mit Weihnachtsgedudel in den Ohren so lange rundherum, bis sie meinten, es sei genug und ihnen werde gleich schlecht.

«Und jetzt?»

«Jetzt möchte ich eine Bratwurst und Pommes», sagte Benjamin.

«Du sprichst mir aus der Seele», meinte Miss Winter. Sie gingen an den nächsten Stand und bestellten reichlich.

«Und jetzt?»

«Zuckerwatte?»

«Gebrannte Mandeln?»

«Kandierte Äpfel?»

«Maronen?»

Sie schlemmten sich durch die Budenstraßen, bis sie meinten, sie würden sich den Magen verderben, wenn sie nur ein Häppchen mehr äßen, und nebenbei fiel auch immer etwas ab, was Benjamin und Mia in ihre Stockings stecken sollten.

«Und jetzt kann ich endlich einkaufen», verkündete Miss Winter, «jetzt müsst ihr Geduld mit mir haben, denn ich will Geschenke für alle meine Freunde aussuchen. Auch meine kleinen

Leute wollen bedacht sein – sie sind verrückt nach allem, was golden und silbern ist –, und ihr haltet eure Stockings bereit!»

Sie schob Benjamin und Mia vor sich her, wobei sie nach einem Stand suchte, der Tannenbaumschmuck aus Thüringen verkaufte.

«Ah», sagte sie endlich, «wir haben sie gefunden, die Kugeln und anderen hübschen Dinge aus Lauscha. Weißt du, wo dieser berühmte Ort liegt, Benjamin?»

«Nein, Miss Winter», sagte Benjamin und wurde ein bisschen rot.

«Macht nichts», lachte Miss Winter. «Schau zu Hause einfach in deinen Atlas. – Und jetzt dürft ihr euch etwas aussuchen.»

Mia bekam runde Augen, als sie all die zarten Glasgebilde betrachtete, die auf dem Tisch und in den Wandregalen ausgestellt waren.

«Schenkst du mir ein silbernes Vögelchen, Miss Winter?», fragte sie schließlich.

«Eine schöne Wahl», erwiderte Miss Winter und nickte zufrieden. «Und du, Benjamin?»

Benjamins Blick ruhte auf einem geheimnis-

vollen silbernen Mond. Es war eine besonders große Kugel, größer als eine Apfelsine. Der Mond schien ihn anzusehen und lächelte, und Benjamin lächelte zurück.

«Nun druckse nicht herum», ermunterte ihn Miss Winter.

Benjamin räusperte sich, bekam aber keinen Ton heraus.

Miss Winter folgte seinem Blick. «Ich möchte den Mond von ganz oben haben», sagte sie zu der Verkäuferin.

«Oh! Der Mond ist ein Einzelstück, von dem wir uns nur ungern trennen würden, und sonst verkaufen wir nur kartonweise.»

«Natürlich», erwiderte Miss Winter ein bisschen ungeduldig. «Ich nehme den Mond, und ich kaufe kartonweise. Sie nehmen nur vorher ein silbernes Vögelchen für das kleine Mädchen heraus, das mich begleitet.»

So geschah es. Und dann kaufte Miss Winter so ungeheure Mengen ein, dass Benjamin sich fragte, wie sie denn alles nach Hause bringen sollten: kartonweise bunte Glasvögel, Kugeln in allen Größen und Farben, bunte Glaszapfen, sogar Nikoläuse und Schneemänner, die man an den Weihnachtsbaum hängen konnte. Die Kinder starrten verblüfft auf den Stapel Kartons, der sich auf dem Tresen türmte. Aber das war nun überhaupt kein Problem. Miss Winter schnipste einfach mit den Fingern, und zwischen den sich drängenden Menschen erschien wie aus dem Nichts Alfred, mit einem roten Hütchen in der Hand, und neben ihm noch zehn weitere kleine Leute aus seiner Mannschaft.

«Bringt das alles bitte nach Hause», sagte Miss Winter. «Die Kartons, die ich mit deinem Namen habe kennzeichnen lassen, Alfred, gehören euch. Ihr könnt sie gleich auspacken, wenn ihr angekommen seid – es ist mein Dank für eure unermüdliche Arbeit in den letzten Wochen!» Und an Benjamin und Mia gewandt: «Ihr müsst nämlich wissen: Meine Leute arbeiten zurzeit in Tag- und Nachtschichten. Die Spielzeugspenden haben bis heute nicht aufgehört, es ist wirklich unglaublich. Ich hätte nie gedacht, dass meine kleine Aktion auch hier so ein Erfolg wird.»

Die kleinen Männer ließen sich alle Kartons aufladen, schwenkten ihre Hütchen zum Gruß, setzten sie auf – und waren im selben Augenblick verschwunden.

Benjamin blieb der Mund offen stehen.

«Und was machen wir jetzt?», fragte Miss Winter erwartungsvoll. «Gehen wir jetzt Holzspielzeug einkaufen?»

Der Stand mit dem Holzspielzeug befand sich ganz in der Nähe. Hier gab es phantastische Tiere, Geduldspiele, Autos und sogar technisches Gerät, alles ganz aus Holz gefertigt. Miss Winter kaufte auch hier reichlich ein. Besonders ein großer Pelikan mit blauem Schnabel hatte es ihr angetan. Benjamin bekam eine Giraffe und Mia ein Leitermännchen. Beides verschwand in ihren Stockings. Als Miss Winter mit bestimmt einem Dutzend Paketen dastand, erschienen Alfred und seine Helfer erneut und transportierten die Ladung ab.

«Was machen wir jetzt?», fragte Miss Winter strahlend. Sie sah glücklich aus, ihre Augen leuchteten mit ihren geröteten Wangen um die Wette.

«Ich bin jetzt müde», sagte Mia kläglich, und tatsächlich wackelte sie schon schlaftrunken auf ihren Beinen.

«Nun, dann wollen wir uns schleunigst auf den Heimweg machen – die restlichen Dinge kann ich auch noch morgen früh allein einkaufen.»

Damit zog sie die Kinder in eine dunkle Ecke

hinter den Buden, wo sie aus ihrem Cape zu Benjamins Überraschung drei rote Hütchen hervorholte und sie ihnen und sich selbst aufsetzte. Ja – und dann förderte sie noch einen Besen zutage.

«Guck nicht so, Benjamin», lachte sie herzhaft, weil er wieder mit offenem Mund dastand, «du weißt doch längst Bescheid, oder? Steig lieber vorne auf. Du brauchst keine Angst zu haben, du wirst nicht von meinem Zauberbesen fallen, er wird uns alle drei festhalten und sicher nach Hause bringen. Ich sitze mit Mia hinter dir.»

«Und wenn uns jemand sieht?», fragte er besorgt.

«Niemand wird uns sehen», beruhigte ihn Miss Winter. «Wir haben ja jetzt Tarnkappen auf dem Kopf.»

Eigentlich schade, dachte Benjamin. Das wäre mal etwas, was bei seinen Freunden wirklich Eindruck machen würde.

Miss Winter stieß sich leicht mit den Füßen ab, und der Besen hob sanft ab, stieg schnell höher und dreht eine Runde über dem Weihnachtsmarkt.

Benjamin betrachtete das Panorama staunend von oben: Es sah aus wie eine kleine Stadt. Da es in den letzten Wochen mehrmals geschneit hatte, waren die Dächer der Buden und die Tannenbäume weiß überzogen. Überall strahlten Lichter, und Rauch stieg von den Wurst- und Maronibuden auf. Miss Winter ließ ihnen Zeit, die kleine Weihnachtsstadt in Ruhe zu betrachten, dann schwenkte der Besen auf den geraden Weg nach Hause.

Nichts war diesem lautlosen Schweben über die Dächer und die tiefen Häuserschluchten vergleichbar. Benjamin fühlte sich leicht, ja schwerelos, und die Glücksschauer, die ihn durchrieselten, verursachten ihm eine Gänsehaut. War er ein Spinner oder Träumer? Nein, das war er nicht! Immer wieder kniff er beide Augen zu, um sich anschließend zu überzeugen, dass er wirklich durch den dunklen Winterabend flog. Aber ach, leider viel zu kurz! Schon glitt der Besen über die Siedlung am Rand der großen Stadt und landete kurz darauf in Miss Winters Garten.

Sie wurden sofort von den kleinen Leuten umringt, die herbeistürzten und voller Übermut silberne und goldene Kugeln und bunte gläserne Figuren schwenkten. Als Benjamin sie alle mit Tarnkappen sah, wusste er auf einmal, dass es in den vergangenen Wochen in der Nachbarschaft ein geheimes Leben gegeben hatte und dass niemand es hatte wahrnehmen können – auch er nicht, der sich die Nase oft genug am Fenster platt gedrückt hatte. Es waren die Mützen. Sie verbargen einen vor den Augen anderer, außer sie trügen selbst welche.

Miss Winter nahm Mia, Benjamin und sich selbst die Tarnkappen vom Kopf und sagte dann: «Ich begleite euch noch nach drüben. Und bitte – holt den Weihnachtsstrauß für eure Eltern schon am 23. Dezember abends ab; am 24. bin ich zum Geschenkeaustragen eingeteilt und kaum zu Hause anzutreffen – wir haben Personalmangel, und das alles ist sonst überhaupt nicht zu schaffen.»

«Miss Winter», sagte Mia plötzlich, «ich hab etwas ganz Schönes geträumt. Ich habe geträumt, dass ich fliege!»

«Das war aber ein schöner Traum», erwiderte Miss Winter, und dabei sah sie Benjamin unverwandt an.

Heiligabend

Man muss es leider sagen: Viele Eltern scheinen vergessen zu haben, wie sehr sie selbst der Bescherung entgegenfieberten, als sie so alt waren wie ihre Kinder. Ingrid Schreck, die in der Küche stand und Grünkohl putzte, sagte: «Ich muss noch den ganzen Tag hier arbeiten, sonst gibt es nichts zu essen, fragt euren Vater, der wird sicherlich etwas mit euch unternehmen!»

Herr Schreck schlug vor, den Tannenbaum zu schmücken. Zu dritt nahmen sie die kleinen bunten Holzfiguren aus den Kartons, die sie vorher vom Dachboden geholt hatten. Mia und Bennie reichten ihrem Vater Schneemänner, kleine Glocken, Engel, Trompeten, Früchte und vieles mehr. Dann band Herr Schreck rote Schleifen um die noch nicht dekorierten Äste und befestigte die Lichterkette. Zum Schluss holte Benni noch seinen silbernen Mond und Mia das kleine Vögelchen, die Ehrenplätze am Weihnachtsbaum erhielten. Der Baum war wirklich wunderschön geworden, alle drei betrachteten stolz und gut gelaunt ihr Werk. Nach dem Mittagessen spielten sie mit ihrem Vater Mensch ärgere dich nicht und Quartett. Trotzdem konnten die Kinder kaum stillhalten. Mia war gespannt, was sie zu Weihnachten bekäme, doch Bennie brütete finster vor sich hin, weil er wusste, dass die schöne, flötenfreie Zeit bald vorbei sein würde.

Außerdem plagten ihn unbestimmte Sorgen: Als er nämlich bei seiner Morgentoilette in den Spiegel schaute, fand er sein Aussehen erneut verändert: Seine Frisur war wieder die alte. Und obwohl er mit dem Kamm durch das strubbelige Haar kratzte, konnte er die platte Musterschüler-Frisur nicht wiederherstellen. Die hatte ihm zwar nicht gefallen, aber sie hatte seine Mutter kolossal beruhigt. Was hatte das nur zu bedeuten?

Am frühen Abend – es war bereits dunkel geworden – wurden die Kinder in ihre Zimmer geschickt, weil ihre Eltern die letzten Vorbereitungen zur Bescherung allein treffen wollten. Benjamin versuchte, sich mit einem Buch abzulenken, und Mia spielte mit einem Puzzle aus allzu vielen Teilen, das ihrem Bruder gehörte. Plötzlich sagte sie:

«Du, Bennie, du errätst nie, was ich dir zu Weihnachten schenke!»

Benjamin war überrascht und sofort munter. «Lass mich raten», sagte er, «mit welchem Buchstaben fängt es an?»

Mia kannte noch keine Buchstaben und guckte ratlos. «Ich geb es dir einfach – soll ich?» Und schon rückte sie mit einem kleinen, wirklich sehr kleinen Päckchen heraus, das sie in ihrer Hosentasche vergraben hatte. Bennie war sofort ganz aufgeregt, als er es sah – das konnte doch wohl nicht...?

Doch, es war ein wunderbarer Radiergummi, der nach Erdbeeren roch. Und er war noch nicht einmal gebraucht.

«Der ist ja ganz neu», sagte Benjamin.

«Ist er nicht – das ist mein alter. Den hat Alice aufgefrischt», erklärte Mia; denn sie wollte doch betonen, dass sie etwas für Benjamin geopfert hatte.

«Ich hab auch etwas für dich», sagte Benjamin, ging an seinen Schrank und holte das schön verpackte Märchenbuch heraus.

«Da!»

Mia gluckste vor Freude, als sie es auspackte. «Bennie! Das ist ja dein Märchenbuch! Und ganz neu!»

«Nein», sagte auch Benjamin, «das hat Alice so hingekriegt, dass es wie neu aussieht. Es ist mein altes Buch!» Denn auch er wollte betonen, dass er sich Mia zuliebe von einem Schatz getrennt hatte.

Nun war die Langeweile erst einmal vorbei. Benjamin saß an seinem Tisch und zeichnete Skateboard fahrende Strichmännchen, die er anschließend wieder ausradierte, und Mia lag auf dem Fußboden, blätterte in dem Märchenbuch und betrachtete die bunten Illustrationen, die sie so gern mochte. Als sie damit durch war, sagte sie:

«Du, Bennie, und jetzt bringen wir unsere Geschenke zu Miss Winter, ja?»

Benjamin sprang sofort auf und trat an sein Fenster. Drüben brannte Licht, sie war also zwischendurch nach Hause gekommen. Er nickte.

«Aber wir klingeln nicht, wir wollen nicht stören. Wir legen die Päckchen vor die Haustür», bestimmte er, «dann ist es eine echte Überraschung für sie.»

Sie trugen ihre Päckchen nach drüben – die selbst gemachten Weihnachtskarten und den Sternenleuchter mit ganz viel goldenem Glitzer – und schlichen auf Zehenspitzen nach Hause zurück.

Dann stahlen sie sich heimlich in den Keller, um schon mal den Weihnachtsstrauß für ihre Eltern aus dem Versteck zu holen.

Und endlich, endlich ertönte die Weihnachtsglocke.

Sie liefen nach unten. Frau Schreck erwartete sie im Flur, riss die Wohnzimmertür auf und verkündete: «Jetzt geht es aber los. Die Bescherung fängt an!» Sie hielt jedoch überrascht in ihrer großen Bewegung inne, denn vor ihr standen Benjamin und Mia mit ihrem ganz wunderbaren, prächtigen weiß blühenden Kirschblütenstrauß. Er war über und über mit roten, glitzernden Herzen und vergoldeten Nüssen behängt und wurde durch eine große rote Schleife zusammengehalten. «Sieh doch mal, Olaf», sagte sie schwach, dann kullerten ihr auch schon die Tränen herunter.

«Frohe Weihnachten, Mama», sagte Benjamin.

«Frohe Weihnachten, Mama», sagte auch Mia. «Und können wir jetzt gucken gehen?»

«Natürlich, natürlich», räusperte sich Herr Schreck, ebenso gerührt wie seine Frau. Ohne große Worte umarmte er Benjamin und Mia.

Die beiden stürzten sich voller Erwartung auf ihre Päckchen – Benjamin links, Mia rechts unter dem kunstvoll geschmückten Tannenbaum – und hielten beide im selben Augenblick inne. Benjamin hatte mit sicherem Blick und mit großem Schrecken erkannt, dass er kein Skateboard bekommen würde. Es gab nur ein einziges längliches Päckchen, und das hatte ein sehr unangenehmes Blockflöten-Format. Mia hatte ebenso schnell bemerkt, dass unter allen ihr zugedachten Geschenken eines fehlte: der Teddy.

Sie sprang auf und lief zur Tür, ohne dass jemand sie hätte aufhalten können.

«Miss Winter!», schrie sie. «Mein Teddy! Miss Winter!»

Benjamin holte sie erst draußen ein, wo sie, schon wieder lachend, auf der Treppe kniete und ihren Teddy an sich drückte. Und sie hatte noch ein Geschenk bekommen: die Weihnachtstasse, aus der sie immer den Punsch getrunken hatte.

Auf Benjamins Seite lag ebenfalls seine Weihnachtstasse, aber auch ein großes rechteckiges Paket, das ihn von einem Ohr zum anderen grinsen ließ, und darauf eine Tüte, die mindestens ein Pfund Bonbons enthielt.

Und beide hatten drei eng beschriebene Weihnachtskarten gefunden.

«Wir wollen uns gleich bedanken», sagte Mia und rannte wieder wie ein Wiesel davon. Benjamin hinterher. Aber schon am Gartentor des Nachbargrundstücks hielten sie inne. Miss Winters Haus sah so verlassen aus, wie nur ein länger unbewohntes Haus aussehen kann. Kein Licht mehr zu sehen, kein Rauch kräuselte sich aus dem Schornstein, den Fenstern fehlten die Vorhänge, und auch Benjamins und Mias Geschenke waren verschwunden.

«Bennie, wo ist sie?», fragte Mia und rief dann, so laut sie konnte: «Miss Winter! Miss Winter! Alfred! Alice!» Dann nur noch leise: «Wo sind sie, Bennie?»

Es gab keine Antwort darauf.

«Komm, Mia», sagte Benjamin, «wir gehen rein. Es ist kalt.»

«Miss Winter hat uns Karten geschrieben, Papi», sagte Mia, als sie zu der häuslichen Bescherung zurückgekehrt waren. «Liest du mir die vor?»

«Wollt ihr nicht erst eure Geschenke auspacken?», fragte die Mutter.

«Nein, erst lesen», sagte Mia.

Olaf Schreck hüstelte mit einem Blick auf seine Frau, und als die zustimmend nickte, begann er:

«‹Liebe Familie Schreck, ich bedanke mich herzlich für die schöne Zeit, die ich in Ihrer Nachbarschaft verbringen durfte. Leider musste ich abreisen, um meine neue Vorlesung an der Universität vorzubereiten und zu Hause nach dem Rechten zu sehen. Ich würde mich jedoch freuen, Sie einmal in meiner Heimat Cornwall begrüßen zu dürfen, vielleicht in den Sommerferien? Ihnen, liebe Frau Schreck, nochmal meinen allerherzlichsten Dank für die wertvollen Informationen, die meinen Studien sehr zugute kamen. Ich habe mir überlegt, dass man Ihre Talente eigentlich nicht ungenutzt lassen darf: Haben Sie schon mal daran gedacht, einen kleinen Partyservice zu

*eröffnen oder ein Buch über norddeutsche Spezialitäten zu schreiben? Das ließe sich von zu Hause aus erledigen, sodass Mia und Benjamin nicht allein wären.
Ich wünsche Ihnen ein frohes Weihnachtsfest und hoffe, dass wir uns bald wiedersehen. Ihre Honoria Winter.›»*

Dann las Herr Schreck die nächste Karte vor:

*«‹Liebe Mia, ich danke dir für dein wunderbares Geschenk! Es ist vermutlich der schönste Leuchter, den ich je gesehen habe und je bekommen werde. Und er glitzert so schön!
Mr. John hat mich wissen lassen, dass er lieber bei dir bleiben möchte, als zu mir zurückzukehren – ich hoffe, du bist einverstanden und hast ihn auch ein wenig lieb ...›»*

Mia nickte. «Lies weiter!»

‹Ich umarme dich ganz fest und wünsche dir frohe Weihnachten! Deine Honoria Winter.›»

«Nochmal, Papi», bat Mia.

«Ja, das mach ich nachher, sooft du willst, aber jetzt kommt erst Bennie dran.» Damit griff er nach Benjamins Karte, der zwar schon sehr gut lesen konnte, dem es aber nicht gelungen war, Miss Winters krakelige Schrift zu entziffern.

«‹Lieber Benjamin, ich bin bis auf die Knochen gerührt, dass du an meine Leidenschaft für Weihnachtskarten gedacht hast – die Fotos werden mich immer an die Zeit mit euch erinnern. Sie war wundervoll! Vielen Dank! Ausgeschlossen, dass ich diese Karten jemals verschicke – es sei denn an mich selbst adressiert!
Mit den Bonbons hat es eine besondere Bewandtnis. Es ist mein Spezialrezept gegen Aulophobie. Es ist noch wirksamer als das Elternglück-Rezept und hat sich in Cornwall in sehr vielen, auch hartnäckigen Fällen bereits bestens bewährt. Ich denke, dass du mit ihnen allen künftigen mu-

sikalischen Herausforderungen gewachsen sein wirst. Frohe Weihnachten, lieber Bennie, und vergiss nicht deine Honoria Winter.
PS: Solltet ihr je Lust verspüren, mir zu schreiben – worüber ich mich sehr freuen würde –: Ihr erreicht mich über die Universität von Exeter.›»

«Das sind ja wirklich schöne Briefe», sagte Ingrid Schreck, der noch immer die Tränen herunterliefen. Sie nahm Mia und Benjamin in die Arme und gab ihnen einen Kuss. «An einen Partyservice oder ein Buch habe ich ja noch nie gedacht, wieso eigentlich nicht? Aber was, um alles in der Welt, ist Aulophobie?»

Anne Alter,

Jahrgang 1966, studierte Judaistik und
Kunstgeschichte in Heidelberg.
Sie arbeitet als Redakteurin und Autorin.
«Die geheimnisvolle Miss Winter» ist ihr erstes
Kinderbuch. Anne Alter lebt in Hamburg und
liebt die Britischen Inseln und ihre Geister.